Ye

3144

IEHAN CHAVLDRIER

ODE

IEHAN CHAVLDRIER

ODE

1er Juillet 1864.

Au moment où le nom de Chauldrier vient d'être rétabli dans toute sa gloire à l'entrée de l'une de nos rues, et où la notice publiée par M. L. Delayant vient de rappeler l'attention de tous sur ce nom autrefois célèbre, j'ai eu la bonne fortune de rencontrer, dans un vieux manuscrit, une ode en vers français, de quelque Rochelais du xvie siècle, dont le sujet est la délivrance de la Rochelle par Chauldrier en 1372. J'ai vainement cherché à découvrir le nom du poète. La pièce est signée seulement de deux initiales P. G., et dédiée *à l'Académie Rochelloise*, ce qui prouverait qu'il y eut dès lors à la Rochelle une société de ce nom, probablement sur le modèle de celle qui se réunissait, à Paris, chez Baïf. Aucun de nos historiens ne parle, il est vrai, de cette académie ; mais son existence ne laisse pas de paraître certaine. L'auteur de l'ode que je vais citer est évidemment un contemporain de Ronsard, un de ses amis peut-être qui, pour flatter le grand homme, aura voulu chanter ces fameux Chauldriers de qui Ronsard se montrait fier de descendre. Le style de l'ouvrage est celui de toutes les poésies de la Pleïade ; parfois, cependant, on y rencontre des expressions que celle-ci n'employait plus et qu'il faut chercher dans Marot ou Saint-Gelais. Ces dissonnances légères marquent bien un poète de province, mal initié au langage du bel air, et qui garde encore, dans son imitation de la nouvelle école, quelque chose de la rudesse des temps antérieurs.

Paul Gaudin.

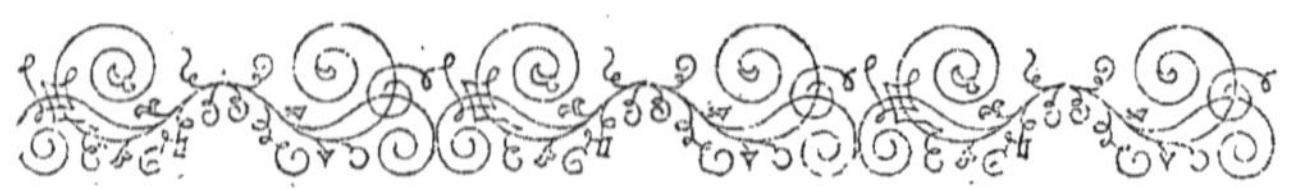

A l'Académie Rochelloise.

—

IEHAN CHAVLDRIER.

ODE.

E veux sonner la loüange
D'un qui, entre les guerriers,
Orna lé nom des Chauldriers
D'un los que le tems ne change.
Oy donc, cité Rochelloise,
De quelle vertu bourgeoise
Tes ayeulx furent garnis,
Et comment ilz engeignèrent
Et par feinctise eslongnèrent
L'Anglois du païs d'Aunis.

Des princes & des gendarmes
O Dieu qui bruis les exploitz,
Blond Phœbus, viens à ma voix,
Metz ton feu dedans mes carmes !
Par qui fut du filz de Pèle
L'ire à jamais immortelle ?
Et les voïages sur l'eau
De la vagabonde trope
Du mary de Pénélope ?
Par toy, Phœbus Apollo !

Par toy, de la nauf Thessale,
Par toy, du pie Æneas
Le nom ne s'esteindra pas
Au fond de l'onde infernale.
Or', prends ton luth et façonne
Vne chanson qui résonne
Chez nos neveux esbahis !
Le subject de toy est digne :
Fut-il onc los plus insigne
Que de saulver son païs ?

En l'année, qu'il fault taire,
Que le roy de France, Iehan,
Livra tout, fiefs & argent,
Pour se tirer d'Angleterre,
La Rochelle eut beau se plaindre :
Son bon roy sçeut la contraindre
D'estre à un roy détesté,
Luy ouvrir sa citadelle,
Et faire, restant fidelle,
Monstre d'infidélité.

Patrie, (Dieu te conserve !)
Pendant treize ans, nous dit-on,
Dessoubz le tyran Breton
Tu ploras & tu fus serve !
Vn souldart d'angloise race
L'écusson françois efface
De ton crénelé manteau,
Et à tes filz coys commande,
Mussé, tant sa peur est grande,
Derrière ton fort chasteau.

Relève ton front, ma mère !
Tu as, pour tes pleurs tarir
Et tes blesseures guarir,
Le ruzé Chauldrier, ton maire.
A banquetter il invite
L'Anglois, qui vient d'un pied viste,
De grand'gueule & appétit,
Si qu'au milieu du convive
Sent jà sa raison fuitive
Aller clochant un petit.

Et, tandis ilz sont à rire
Et s'esbattre en liberté,
Vn message est apporté
Scellé de roïale cire.
Lors, Chauldrier, lisant la lettre :
« Ton roy, dit-il, nostre maistre,
» Escrit que demain il fault
» De nos gens faire la monstre. »
Ce disant, le Brief il monstre
Au capitaine peu cault.

Cestuy, qui n'a plus envie
De rire, œillade le sceau,
Tant esmeü qu'il boit de l'eau,
Cuydant boire Malvesie.
Puis il prend ces escritures,
Puis les tourne en cent figures,
Puis veut les lire à l'envers,
Puis se taict. — Qu'eust-il peü faire ?
Souldartz & hommes de guerre
Sont en lettres peu expertz.

Adonc, hors la citadelle,
Au plus matin sont rangez,
D'une part, les estrangers,
D'autre, ceulx de La Rochelle.
Lors, Chauldrier le signal donne,
Et soudain la trompe sonne,
Et grand tumulte & grandz cris,
Et bourgeois & populace,
Se rüans dessus la place,
Prennent les Anglois surpris.

O le Breton malhabile,
Qui pus croire vérité
Vn artifice inventé
Pour délivrer nostre ville !
Ore, il n'est cil qui ne gausse,
Songeant à la lettre faulse
Qui servit à vous bannir.
Sus ! partez : la mer est belle ;
Anglois, laissez la Rochelle
Françoise redevenir !

P. G.

GLOSSAIRE.

—

Bruis: célèbres. — De BRUIRE : célébrer.

Carmes: vers. — Du latin CARMEN.

Cault : prudent, rusé.

Cil: aucun, personne. — Marot, Épitre à la Demoiselle négligente de venir voir ses amis :

> Voilà comment, pour ta fort bonne grâce,
> Il n'y a CIL qui son souhait ne fasse
> D'estre avec toy.

Clochant : boitant. — Charles d'Orléans :

> Jà devant moy CLOCHER ne fault.

Coi, qui se tiennent sans se remuer, sans rien dire.

Convive: festin, repas. — Du latin : CONVIVIUM.

Cuidant : croyant. — De CUIDER : croire.

Engeignèrent : trompèrent. — Lafontaine, dans LE RAT ET LA GRENOUILLE :

> Tel, comme dit Merlin, CUIDE ENGEIGNER autrui,
> Qui souvent s'ENGEIGNE lui-même.

Ire : colère.

Ja : déjà.

Los : gloire.

Monstre : étalage. Faire MONTRE de...., comme on dit aujourd'hui : faire ÉTALAGE de...... Parlant des soldats, en faire la MONTRE c'est les passer en revue.

Mussé : caché.

Nauf Thessale : navire Thessalien. — L'Argo.

OEillade : regarde, contemple. — OEILLADER est souvent employé par Ronsard.

Ore ou or' : maintenant.

Oy : entends, écoute. — Du verbe OUIR.

Pèle : Pélée.

Serve : esclave. — Desportes :

> La raison, SERVE auparavant,
> Soit maintenant reine en mon âme !

Si que... : en sorte que...

Sonner: chanter.

Trope: troupe. — Jacques de Montereul a dit de même, pour la rime :

> Sa table se bordait d'une savante TROPE
> Des plus rares esprits, l'élite de l'Europe.

A LA ROCHELLE

DE L'IMPRIMERIE DE A. SIRET.

PLACE DE L'HOTEL-DE-VILLE.

M DCCC LXIV.